宁夏景观文化丛书

宁夏新十景诗词集

蔡国英 ◆ 主编

黄河出版传媒集团
宁夏人民出版社

图书在版编目（CIP）数据

"宁夏新十景"诗词集／蔡国英主编．—银川：
宁夏人民出版社，2016.1
（宁夏景观文化丛书）
ISBN 978-7-227-06284-4

Ⅰ．①宁… Ⅱ．①蔡… Ⅲ．①诗词—作品集—
中国—当代 Ⅳ．① I227

中国版本图书馆 CIP 数据核字（2016）第 025170 号

宁夏景观文化丛书
"宁夏新十景"诗词集 　　　　　　　　　　蔡国英　主编

责任编辑　陈　浪
封面设计　陈冰融
责任印制　肖　艳

 黄河出版传媒集团
宁夏人民出版社 出版发行

出 版 人　王杨宝
地　　址　宁夏银川市北京东路 139 号出版大厦（750001）
网　　址　http://www.nxpph.com　　　　　http://www.yrpubm.com
网上书店　http://shop126547358.taobao.com　http://www.hh-book.com
电子信箱　nxrmcbs@126.com　　　　　　　renminshe@yrpubm.com
邮购电话　0951-5052104　5019391
经　　销　全国新华书店
印刷装订　宁夏银报印务有限公司
印刷委托书号　　（宁）0000340

开本　720 mm×980 mm　1/16
印张　10.5　　字数　168 千字
版次　2016 年 1 月第 1 版
印次　2016 年 1 月第 1 次印刷
书号　ISBN 978-7-227-06284-4/Ⅰ·1623
定价　33.00 元

编者的话

自2014年10月"宁夏新十景"征集评选活动开展以来，宁夏诗词学会召开动员会进行安排布置，积极组织诗人词家深入生活进行创作。短短的几个月中，诗人们共创作诗词曲作品300余首并编辑成册上报自治区党委宣传部。向《中华诗词》《宁夏文史》《宁夏日报》《朔方》等报刊推荐发表作品80余首，同时在宁夏诗词学会刊物《夏风》开辟专刊，登载作品100余首，掀起了诗词创作热情，营造了征集评选氛围，起到了良好的宣传作用。

"宁夏新十景"评选揭晓后，诗词学会又组织会员针对新十景进行了创作，诗人们以饱满的激情创作出诗词曲作品400余首，经过认真遴选，共选出266首诗词曲编选成《"宁夏新十景"诗词集》一书。书中所选绝大部分为原创，也少量选取了前期创作的一小部分质量较高的作品。选集中一些诗词作品并不完全符合诗词格律的要求，意境表现平实，内容多有雷同等等，但苦于题材局限，也酌量选录了少许。由于时间仓促，编辑水平有限，难免疏漏，敬请批评指正。

编　者

二〇一五年十一月十二日

序 言

蔡国英

　　自古以来，文化与景观就相生相伴。景观作为文化的一种表达方式，不仅具有自然地理上的资源价值，更蕴含着深厚的审美价值和人文底蕴。习近平总书记曾指出，要"体现尊重自然、顺应自然、天人合一的理念"，"让居民望得见山、看得见水、记得住乡愁"。中国古人历来崇尚"读万卷书，行万里路"：汉代有张骞使臣西域之行，唐代有玄奘宗教文化之旅，明代有徐霞客人文地理之游，清代有乾隆帝山河之览。并把中国山水画"可行可望不如可居可游之为得"的意境标准投射到对景观文化的品评当中。中国人以"小中见大、须弥芥子、湖中天地"的美学写意精神，构成了独具特色的中国景观文化评判机理。星罗棋布的八景或十景在中华大地上震古烁今，生而不息。

　　宁夏是中华文明的发祥地之一，巍峨险峻的贺兰山阻隔了漠北沙漠的侵蚀，为河套平原提供了天然屏障；黄河横贯河套平原，流经宁夏近400公里，巨大的落差形成了自流灌溉的优越条件，使河套平原成为沃野千里的塞上江南。独特的地理位置、优越的农业条件，使宁夏成为中华民族的摇篮之一，塑造出宁夏特有的自然地理和人文景观，黄河文化、回族文化、红色文化和西夏文化源远流长。早在明清时期，就盛传着"宁夏八景"和"西夏八景"等文化景观，"沙坡鸣钟""黄沙古渡"至今仍可找到历史遗迹。这些景观不仅代表着宁夏得天独厚的自然禀赋，更凝聚了宁夏厚重的历史文化底蕴。

为充分展示宁夏瑰丽多彩的自然风貌、人文风貌和优美的生态环境，深入挖掘宁夏景观文化内涵，让人们更多地了解宁夏之美，感受宁夏之美，讲好宁夏故事，传播好宁夏声音，推动文化旅游深度融合发展，服务宁夏全面建成小康社会大局，经过一年多的思考、调研，反复酝酿，我们以历史的站位和创新的思维，提出了开展"宁夏新十景"征集评选活动，得到了自治区党委主要领导的肯定和支持，被自治区党委十一届五次全会列入宁夏文化建设的重要工作。

从2014年8月到2015年7月整整一年时间里，自治区党委宣传部先后召开23次会议，广泛听取各方面意见建议，通过向全社会发布公告、征集景观作品、公众投稿等方式，紧锣密鼓，层层推进，有20多个省（区、市）热心群众参与，征集归类有2000多件作品，并最终评选出艾依春晓、古堡新影、贺兰晴雪、黄河金岸、回乡风情、六盘烟雨、沙湖苇舟、沙坡鸣钟、神秘西夏、水洞兵沟10个具有传世价值和时代精神的"宁夏新十景"。

这"新十景"当中,既有固态的物质资源,也有变化莫测的自然景象和丰富多样的大地景观,更有历史的、现代的人文景观,是对宁夏典型自然人文景观的集大成。从某种意义上来讲,"宁夏新十景"征集评选重绘了宁夏社会生活的历史自然画面,分析并提出了我们对待历史文化和现代自然人文面貌所要秉持的观念、表达的方式和创新的路径,是对宁夏文化积淀的一次深刻反思,也是对宁夏文化意义的一次极大丰富。

"宁夏新十景"征集评选实现了对宁夏自然景观的一次文化探源。将宁夏具有万余年文化积淀的景区进行了一次较为彻底的重新追根溯源,使宁夏文史、名人、传说、民俗方面的亮点得以充分挖掘出来,活态了景观文化内容,让人们对宁夏丰饶的自然文化资源有了重新认识,切身感受到镶嵌在这片广袤地理空间上的人情物理之美。

征集评选实现了对宁夏景观的一次文化萃取。将宁夏自然和人文景观的本底特质进行了一次重新分类,六盘烟雨从美感度,神秘西夏从历史性,水洞兵沟从科考性,回乡风情从宗教民俗性等方面,展示了宁夏景观核心文化元素,突出了宁夏景观优势价值。

征集评选实现了对宁夏景观的一次文化组合。在空间分布上,形成了由沙湖苇舟向六盘烟雨自北而南的线型排列;

在历史分布上，形成了从旧石器时代水洞兵沟，到今日黄河金岸由古至今的纵向整合，凸显了宁夏典型文化资源要素，规整了宁夏景观规模价值。

征集评选实现了对宁夏景观的一次文化拓展。"宁夏新十景"不仅折射出中国人的景观感知和审美心理，还从多维的角度提炼了宁夏景观旅游资源所蕴含的文化内涵、意象和象征意义，以远古与现代、原态与新生的聚合映衬，达到古相与新韵的相契交融，廓清了宁夏景观文化形态，明晰了宁夏景观文化符号。

作为写在宁夏大地上的书卷，"宁夏新十景"呈现的不仅仅是一幅幅壮阔恢宏的山河图，更是一幅幅宁夏从古至今文化角色博弈盛衰沉浮的百态图，还有经过历史浪涛冲涤，沉积在天地之间，与历史进程执手同行不断续写的憧憬图。与"宁夏新十景"征集评选活动相呼应推出的大型史诗纪录片《神秘的西夏》、史诗话剧《丝路天歌》及《走咧走咧去宁夏》等11首歌曲等系列文化精品，更是丰富而多元地擦亮了宁夏景观文化的精神底色，在区内外和国际上引起广泛关注。特别是"宁夏新十景"的征集评选，也推动了"银川最美景""石嘴山美景""吴忠美景""固原新景观""中卫新十景"，以及"沙湖十景"等重要旅游景点开展"十景""八景"的征集评选，使得宁夏大地上的颗颗明珠汇串成璀璨的珍珠项链。"宁夏新十景"征集评选以"誓游四方，以问所感"的魄力，推动了宁夏文化与旅游在更大范围、更广领域、更高层次上的深度融合；以秉承历史、活化传统的方式，凝聚了宁夏文化力量，文化与旅游呈现出相互促进、相得益彰的可喜局面。

本套书包括《宁夏景观文化古今》《宁夏景观推介作品精选》《宁夏景观文化征集作品选辑》《"宁夏新十景"诗词集》4部书稿。该套书紧紧围绕宁夏古今景观文化，多角度、多侧面、多形式挖掘、展示和探讨了宁夏景观文化，是对"宁夏新十景"征集评选过程的演绎、内涵的诠释、精华的萃取、成果的展示和经验的提炼。

"宁夏新十景"就像镌刻在宁夏大地上的文化印记，虽然只有十个词、四十个字，却浓缩了宁夏上万年的历史变迁、文化嬗递、自然形态和现代成就。言有万语，书有万卷，地有万里，均"读"之不尽也。读懂了"宁夏新十景"，也就读懂了宁夏。相信本套书作为"宁夏新十景"征集评选活动的系列内容之一，一定会成为打造宁夏文化旅游品牌、讲好宁夏故事、传播好宁夏声音的有效介质，对提升宁夏在国内外的知名度产生积极而深远的影响。

原天地之美方能达万物之理。宁夏文化旅游正进入战略规划和结构转型的提升期。深入挖掘文化内涵，提升文化品位，是宁夏文化与旅游加快转型升级步伐，实现品牌化、差异化、可持续发展的必然选择。作为这片土地的守望者和建设者，我们有责任有义务发掘、保存、丰富和拓展历史与自然赋予这片土地的文化优势与文化意义，进一步丰富宁夏文化新业态、培育文化新品牌、拓展文化新模式，以文化的独特性和多样性丰富中国、影响中国，并对话于世界、交流于世界，为推动文化繁荣发展做出新的更大的贡献。

是为序。

2015年12月12日

（作者系宁夏回族自治区党委常委、宣传部部长）

目 录

艾依春晓

2003年，自治区为把银川建设成"城在湖中，湖在城中"的塞上湖城，从水资源的实际出发，开工建设了艾依河。艾依河南起唐徕渠永家湖退水闸（永宁县境内），北至平罗县沙湖，连接阅海、沙湖等数十个湖泊湿地。艾依河建成后在改善沟道水质、调节地下水位、提高城市防洪排水标准、保障湖泊湿地、提高水资源利用率等方面发挥了巨大作用，同时美化了人居环境。每逢初春，岸柳婆娑，草长莺飞，风景如画，构成了银川一道秀丽的风景。

湖城水岸　王保安/摄

艾依春晓

宗　西

银河绕凤城，放眼碧波盈。

沙净荷香远，湖澄鹭羽轻。

览山松色翠，阅海苇风清。

一曲江南好，当歌塞上行。

艾依春晓

魏康宁

其一

温柔美丽艾依莎，淌过湖城千万家。

剪柳梳杨巧打扮，滋荷润苇育奇葩。

鱼肥蟹壮令人醉，花艳草丰藏野鸭。

四海五湖衔玉带，碧波万顷生光华。

其二

清凌秀水绕城流，绚丽风光一眼收。

曲拱斜拉桥守望，碧湖阅海荡轻舟。

蓝天碧水鱼群跃，河畔池边飞燕鸥。

近水亲林心意适，凤城美画展新轴。

艾依春晓

张　嵩

仙女思凡塞上来，盈盈春水扫尘埃。

山生兰气盘青髻，河养黄金贴粉腮。

罗裳丝丝织锦绣，翠珠粒粒缀秦淮。

琼楼纱幔正出浴，旭日一轮到玉台。

艾依春晓

崔正陵

穿湖过市碧悠悠，云淡风轻舞燕鸥。
烟阁画桥荷万顷，一川秀色亮千眸。

艾依春晓

王正华

平湖玉镜远接天，翔鸟游鱼自娱闲。
花浪柳烟琼阁间，亭台水榭曲廊环。
舟行芦荡身临画，艇破清波箭出弦。
祖国河山多壮丽，艾依春色胜江南。

艾依春晓

沙俊清

绿带飘扬桥似虹，艾依河水逗春晴。
高楼影印玻璃里，垂柳丝铺翡翠中。
晓日升腾金凤舞，微风摇动碧波清。
戏迷河畔秦腔吼：好个银川锦绣城！

艾依春晓

闫立岭

清风碧水荡春波，晓梦晨辉染爱河。
绿树鲜花人两岸，流云笑语绕城郭。

艾依春晓

丁玉芳

岸柳抚波依水绿，群鸥飞掠小舟闲。
层楼迭起蓝天碧，大道花开紫燕旋。

艾依春晓

刘秀兰

翠柳烟霞望水悠，门前鸟语伴溪流。
湖光山色垂丝摆，花影婆娑春满楼。

艾依春晓

陈 军

艾依河畔柳如烟，水浸云天醉画船。
品酒迎春听鸟语，声声染得绿还蓝。

艾依春晓

杨石英

最宜水岸建茶楼，墨客骚人喜聚头。
摘取江南三五景，秦淮画舫此中游。

艾依春晓

薛建民

艾依美景展新容，天水移情落凤城。
阅海敞怀迎浪入，沙鸥结对宿芦丛。

艾依春晓

刘德祥

玉带欢欣穿绿洲，连绵百里串珍珠。
江南烟雨朦胧醉，塞北风光锦绣揉。
昔日荒滩盐碱漫，今朝碧水艇舟游。
晶宫倒影鱼虾戏，鸟赛歌喉杨柳柔。

艾依春晓

熊品莲

河畔乘舟寻自由，漠漠碧树隐朱楼。
云中芦外鸥招手，天底船边鱼点头。
情系湖光细浪漾，心随逝水大江流。
纵看塞上多新景，却似湘沅[1]梦里游。

1　沅江是湘江的支流。

艾依春晓

易荣球

行到碧水处，坐看云起时。
人间有胜景，彩笔赋小诗。

艾依春晓

张华东

艾依河水润边城，芳草如茵春意浓。
霞染杨柳鸥鹭唱，游人笑面映花红。
湖光山色诗情起，移步回眸画意中。
塞上江南天宝地，更抒新曲醉春风。

艾依春晓

于秀萍

花香两岸草如茵，水映蓝天柳色新。
万道霞光天破晓，一城风絮一城春。

艾依春晓

晓　峰

艾依河畔春意浓，水天浩渺影画中。
两岸桃花看不够，一河风景绕湖城。

艾依春晓

郑　晶

黎明即起迎红日，艾依河边赏柳枝。
碧水鱼欢苇作画，高楼两岸赋新诗。

艾依春晓

王 义

天仙遗玉簪，潜入凤凰潭。
雪霁三春雨，风清四月天。

艾依春晓

曹小文

细雨一夜羞怀春，金鲤九跃自浅深。
垂眉柳丝衍泥燕，绿水不改处子心。

洞仙歌·艾依春晓

刘剑虹

婷婷河畔，艾依姑娘倩。岸上风来桂香满。盖头遮、羞转清澈秋波，千帆过，只是阿哥难见。曾经携素手，又恨生离，七二连湖泪难断。

爱寄艾依河，百里蜿蜒，宜日日、鹭鸥为伴。更艇满、犁千顷鳞波，赏翠荻湖山，象生千万。

艾依春晓

任登全

艾依河边漫步瞧，水上舟摇，岸上吹箫。连通湖与七孔桥，风也悄悄，雨也潇潇。

塞上湖城独秀骄，春杏花娇，夏桂飘飘。艾河奇景领风骚，欧式楼高，别墅精雕。

清平乐·艾依春晓

马 翚

艾依春晓，两岸烟霞渺。苇色迷离莺声袅，遍是花
红柳俏。

曲曲一水穿城，携来细雨东风。垂钓闲游晨练，人
人笑意融融。

踏莎行·艾依春晓

王 军

塞上银川，湖连城护，艾依河水晨光渡。轻扬翠柳
伴渠行，远山望尽烟霞处。

月下蝉鸣，菱花轻诉，花灯初放阑珊暮。和谐社会
享安宁，图得好景留人住。

浣溪沙·艾依春晓

张金龙

出浴太真雨后莲，柳索弄影荡秋千。风摇翠竹两三杆。
桥底绿波翻雪浪，河心青草印粉轩。瑶池一隅遗人间。

〔仙吕·赏花时〕艾依春晓（散套）

闫云霞

柳荡风熏喜鹊喧，水掠林穿乳燕旋。倒影袅晴岚，连
湖过市，玉带绕银川。

〔幺篇〕蝶舞花堤人练拳，歌舞声声垂钓闲。老者似
参禅。婴儿酣睡，情侣尽缠绵。

〔赚煞〕踏歌声，邀同伴，莫负了、莺啼燕剪。眼
见这靴长裙短花丛转，忽忆那钢花铁水荷在肩。剪不断
的梦魂牵，对饮微酣，碰几杯泛起苦辣酸甜。奉献才觉
心底安。望蓝天白云忒闲，理思绪理了还乱：咱是在秦
淮还是在苏杭，眼前这些些花儿草儿鱼儿鸟儿桥儿水
儿，真真是如此这般浪漫、如此这般悠闲。

古堡新影

　　古堡新影是指镇北堡西部影城，距银川市区35公里，原址为明清时代的边防城堡，通过改造保持并利用了古堡原有的奇特、雄浑、苍凉、悲壮、残旧、衰而不败的景象，突出了它的荒凉感、黄土味及原始化、民间化的审美内涵。在这里先后拍摄过《红高粱》《五魁》《五个女人与一根绳子》《方世玉之英雄出少年》《东邪西毒》《老人与狗》及《大话西游》等著名影视片。是中国三大影视城之一，也是中国西部唯一著名影视城，被誉为"东方好莱坞"。

影视城夜景　詹安稳/摄

古堡新影

崔永庆

明清古堡已荒凉，三五农民事牧羊。
慧眼洞穿今与古，胆识成就艺和商。
废墟屡造应时境，大片几番惊世煌。
走向亚欧千万路，却从此处启帆航。

古堡新影

马乐群

影城西部展雄风，黄土高粱举世红。
敬业演员形有样，开心游客趣无穷。
今情往事翻新意，古镇小街展旧容。
莫道荒凉难为用，神奇灿处赞张公。

古堡新影

杨森翔

徒费两朝蒸土工，残留颓垣草莽中。
荒凉频催游子泪，壮烈激扬仁者风。
一旦大任从天降，群星由此升太空。
飘逝国魂得载体，古堡终建百世功。

古堡新影

沙俊清

时空隧道眼前横，古堡新姿亦有情。
市井繁华人气旺，旌旗招展酒香浓。
北方小镇新缩影，西部影城早扬名。
出卖荒凉凭慧眼，历经坎坷一书生。

古堡新影

曹化一

戍边要塞旧兵营，谁具匠心筑影城？
月亮门前忆明将，土城堡里颂张公。
万家游客来相觅，一曲"高粱"仁可听。
最是荒原少雕饰，屡成名作更明星。

古堡新影

东　炎

苍凉古堡起新城，奇特雄浑黄土情。
历史遗痕今尚在，人文胜景古相通。
黄河牧马百花放，红稷苍狼万世功。
影视多元称一绝，龙门再现酒旗风。

古堡新影

张　嵩

何曾落寞在荒凉？断壁残垣夜宿羊。
有幸一朝逢慧眼，中国电影谱辉煌。

古堡新影

闫立岭

千年寂寞已成迷，一代文豪自破题。
华夏影城说故事，明清古堡演传奇。

古堡新影

任登全

大风歌罢困牢笼，兰岳山村牧马人。
荆棘丛中寻小路，张君慧眼识堡城。
塞园椽笔鸿篇著，西部影坛建奇功。
驾鹤西归情难忘，心香一瓣祭先生。

古堡新影

刘德祥

塞上荒塬两堡神，硝烟散去迹残存。
高粱穗映红寰宇，月亮门寻白酒醇。
豪爽雄浑非梦幻，浓情简朴亦时真。
多来拍摄昔年境，游客欣融影视云。

古堡新影

余丽萍

大家橡笔抢前台，杰士英贤亮起来。
一串明星修宝典，几条蹊径出奇才。
残垣断井黄沙壁，古堡城楼金像杯。
搬上荧屏新画面，银川影视百花开。

古堡新影

陈　军

荒凉古堡有精灵，正好翻新作影城。
四海明星来斗艺，神州文化更风行。

古堡新影

岑国义

横亘荒原不怨哀，自然得来胜工裁。
恢宏古朴寻天趣，次第百花一夜开。

古堡新影

刘秀兰

古代边荒建影城，月牙门里演人生。
明星名导蜂拥至，留给人间一段情。

古堡新影

高振平

千年古堡扎兵营，人祸天灾无旧形。
一代文豪收拾后，涌出成群影视星。

古堡新影

丛培有

因拍影视把名扬，一堡独存万堡亡。
旧貌新颜从此换，俱由贤亮放光芒。

古堡新影

李克昌

四四方方两座城，明清风雨墙上痕。
荒凉唤作高粱卖，美景招来牧马人。

古堡新影

韩林森

边关旧貌复当年，废堡巍然彩练翻。
壮士挥戈平寇虏，将军握剑守雄关。
张公慧眼多创意，椽笔匠心制奇观。
千载文明存故垒，新歌旧梦起心间。

古堡新影

郭　荣

沙滩孰料宝成堆，财富皆由智慧来。
上下千年随意取，乾坤万里巧心裁。
沉沉大院兴亡诉，默默城门日夜开。
影界钟情西部景，兰山起舞春色催。

古堡新影

田　凯

千年古堡寂无声，风刀刻下无情痕。
今日光影进戛纳，房内不见旧时人。

古堡新影

郑 晶

倚圈羊倌睡梦酣，娶妻养娃牛耕田。
劈雷炸响天地变，国际影城立眼前。

古堡新影

王 义

古堡列征幡，当街酒肆喧。
城头羌管起，影视有奇观。

古堡新影

于卫东

荒凉可卖遇良才，腐朽神奇巧剪裁。
古堡风情夺眼目，未曾归去又思来。

古堡新影

丁玉芳

风雨飘摇少访寻，家喻户晓赖张君。
影城勾起游人趣，四海扬名景色新。

少年游·古堡新影

沈华维

　　此间无处不销魂,花样总翻新。萧疏无奈,荒凉有价,顽石也成金。

　　红灯高挂多行客,才子伴佳人。影视争雄,风流未老,好梦可追寻。

南乡子·古堡新影

闫云霞

　　牧马伴胡杨,一景一情一典章。红透高粱惊世界,流芳,腐朽神奇次第尝。

　　古堡自沧桑,一隼冲天背夕阳。"文化亦为生产力",衷肠,树起标高举世仰。

清平乐·古堡新影

李玉民

断垣残壁，房破枯枝立。满目堆堆皆瓦砾，更是牧羊领地。

跻身世界影坛，辈出大腕星贤。独具识珠慧眼，荒凉竟变金山。

醉花阴· 古堡新影

马 翠

朔漠茫茫春料峭，古堡衔新草。岁月孕苍凉，边塞雄姿，也趁时光老。

张翁慧眼识瑰宝，影视城建早。粗犷弄风情，耀世长片，圆梦知多少。

兰陵王·古堡新影

杜 枚

雾间隙，戈壁沉沙牧笛。秋深处，芳草连天。阡陌良骑待征役。大明风雪极，屯绩，围夯百籍。风烟熄，鹰觇鹭噪，镇北沙连堡无壁。

知峰拒胡射。又筑堡蒸土，桑梓承脉。梨园霓彩频星摘。 喜南来北往，红深绿浅。兰砚遍叩缘石伯。待远塞来客。

嗟惜，丈资枥。惟翁幼皆嘘，张公踪迹。影城春沐斜阳寂。 念古堡今夕，影商云集。风烟东麓，百年事，端祥轶。

念奴娇·古堡新影

强永清

悠悠古镇，现荒凉质朴，历经风雪。断壁残垣犹诉说，铁马金戈年月。鼓角争鸣，旌旗猎猎，踏破兰山阙。屯军营寨，筑修关隘防掠。

贤亮与堡结缘，荐之影界，银幕从头越。牧马人空前盛况，大话西游飞跃。智慧光芒，戎装骑射，记忆加音乐。大师已去，更应承继方略。

蝶恋花·古堡新影

高丽君

其一

大漠寂然钩月黯。一骑飞来，古堡泥墙断。独陨凄怆杨柳漫，刀光剑影轮回转。

夜深白马疲困站。灯笼高悬，客栈炉正焰。酒肉江湖皆变幻，千年世事等闲看。

其二

古堡斜月蛾眉面。土做连营，大漠箫声断。抟泥为器荒街现，画角剑寒刀客看。

夜暗驼铃蹄声漫。尘沙蔽空，留驻笑靥暖。江湖豪侠今不见，鸿雁声里人影面。

贺兰晴雪

　　贺兰山位于宁夏和内蒙古交界处，是宁夏平原西部屏障，最高峰3556米，平均海拔2000多米，巍峨壮丽，树木葱郁，青白如骏马，北方称骏马为贺兰，故名。山上林木蔽空，泉水潺潺，景色秀丽。主要景点有拜寺口双塔、小滚钟口、苏峪口森林公园、贺兰山岩画等。这里峰峦叠嶂，崖壁险峭，森林资源丰富，密林中劲风飒飒，松涛阵阵，犹如钱潮汹涌澎湃。"万壑松涛"与"贺兰晴雪"乃塞上奇景。天气晴好，月上贺兰，高山堆雪，万物肃静，衬出贺兰山之旷古、辽远，景观奇绝，独显宁夏的地域特点。

贺兰晴雪　姚凤岐/摄

贺兰晴雪

邓　万

千年传颂满江红，今日春光耀雪松。
遥看西天云际处，苍茫海浪是白龙。

贺兰晴雪

沙俊清

峥嵘一脉贺兰峰，犹似天边骏马腾。
屏障西来沙暴侵，遥瞻北去大河行。
山凝白雪云舒展，雪压青山壑纵横。
更有松涛如咏叹：涓涓溪水雪融成。

贺兰晴雪

潘万虎

一峰巍耸蒙宁间，形似青龙卧北南。
西阻肆沙侵沃野，东隔虐暴扰禾田。
尘弥雾漫藏身影，雪净空晴露廓颜。
万世雄姿嵌丽景，千秋踞守护家园。

贺兰晴雪

任登全

满眼风光涌激情，群峰错落尽葱茏。
贺兰云海飞天马，黄水雪峰游巨龙。
燕语莺啼歌盛世，山欢水笑颂繁荣。
谁开塞北新天地，代代拓荒建奇功。

贺兰晴雪

闫立岭

晴空万里望云烟，雪若长龙卧九天。
凤舞黄河宁夏秀，尘沙不过贺兰山。

贺兰晴雪

许　凯

昆仑侧畔太阳旁，皓首生威入夏长。
判序飞霜应有信，因山论树竟无常。
琼花遥散红楼热，涧水争归鹿苑凉。
足踏白云松下落，冰澌一捧认洪荒。

贺兰晴雪

刘德祥

凤城妍景耀银峰，险峻巍峨气势雄。

晴日晶莹冲碧宇，擎天明鉴映蓝空。

天书岩画遥相望，苏峪森林众互崇。

炎夏依然冰顶雪，江南满目北极瞳。

贺兰晴雪

易荣球

明月照关山，逶迤驻人间。

雪霁染翠色，北国景无边。

贺兰晴雪

韩林森

一山雄峙朔方边，白雪皑皑雁过难。
峻岭险关危壁立，苍颜伟岸美名传。
古来豪杰建功地，今日葱茏鸟语喧。
万载不言观世界，开怀献宝富人间。

贺兰晴雪

周志远

娇龙横卧贺兰峰，玉带黄河映碧空。
雾雪林涛歌壮魄，奇遗岩画记源情。
一帘瀑布松间挂，万仞驼崚塞上腾。
遥看前川孰点将，岳飞立马满江红。

贺兰晴雪

蒋振邦

传说骏马变兰山，岩画图腾秘籍添。
更有巅峰六月雪，冬日山光四季看。
本是塞上江南景，白雪高洁松柏间。
品赏圣山悟人生，文化神韵得承传。

贺兰晴雪

于卫东

品茗阅海眺崇山，四月银川湛碧天。
峻岭苍松搁缀雪，犹如骏马驰峰峦。

贺兰晴雪

李　林

贺兰积雪六月天，晴翠彩云半泓湾。
青羊徘徊旧时路，古塞葳蕤群峰间。

贺兰晴雪

曾禹铭

黛墨山岚青影威，皑皑雪顶映朝晖。
岩羊跃跃坡前戏，美幻苍穹彩云飞。

贺兰晴雪

王 义

绵延千百里，起伏九龙峰。
白发云头看，邀君赏雪松。

贺兰晴雪

张华东

贺兰晴雪映朝晖，雄鹰展翅天地飞。
塞上景色何壮美，高歌一曲彩云归。

贺兰晴雪

孙超英

银装素裹尽严威，万树梨花蕊雪堆。
灿烂朝霞飞玉带，红云一抹梦寻归。

〔双调·折桂令〕 贺兰晴雪

闫云霞

问兰山、何处堪夸？百里围屏，四月韶华。骏马嘶
空，松涛滴翠，晴雪流霞。依岭沿坡瞻寺塔，泄洪蓄水
有沟峡。云弄轻纱，蝶恋鲜花，人迷岩画。五岳曾游，
不是咱家。

浣溪沙·贺兰晴雪

白林中

古寺清泉静有声，峰峦叠翠隐行宫。远山白雪伴天青。

泼墨神仙寻笔架，疾蹄骏马觅钟铃。目穷九曲锁云龙。

凤凰台上忆吹箫·贺兰晴雪

马 翚

风掠三关，雾凝原野，玉蝶漫舞雄州。看水天一色，千树银裘。幽谷淞晶跌宕，岩羊跃，蕊乱枝头。云屏散，霞光万里，五彩争流。

悠悠，九边重地，纵历代更年，争战难休。待偃旗屯牧，且自绸缪。今日南山北岭，烽烟尽，妖娆难收。凝眸处，群峰影里，琼树梢头。

回乡风情

　　宁夏是我国唯一的回族自治区，是著名的回乡。而位于宁夏永宁县纳家户清真大寺北侧的中华回乡文化园非常具有代表性。回乡文化园依托古老的纳家户清真大寺和回族风情浓郁的纳家户村所建，整个园区包括回族博物院、礼仪大殿、回族商贸一条街、回乡人家等主体工程，是我国唯一一处回族文化习俗的陈列展示场所，富有浓郁的民族特点和伊斯兰文化特色。

金色礼拜殿　吴衡/摄

回乡风情

崔正陵

仆仆何妨万里途，回乡文化耀如珠。

殿开礼拜胸怀阔，月上贺兰舞态舒。

世博移来沙特馆，圣音化作碧波湖。

民风民俗情无限，更有清真别样厨。

回乡风情

熊秀英

高雅雄浑气象新，湖光山色柳成荫。

移来印度陵园景，添补回乡大漠魂。

金璧辉煌礼仪殿，游娱吃住纳家村。

好风好景无辞返，但见空中月一轮。

回乡风情

邓　万

其一

白墙圆顶月牙明，碧树丛中气象雄。
此处声名响天下，张扬回俗最钟情。

其二

新月凌空四海闻，众心肃穆静如云。
无边海浪归何处，泊在灵台便有神。

其三

半弯新月矗苍穹，恰似先贤在此宫。
同颂华章千古事，只因圣杰驻心中。

其四

纳家村落赛江南，大寺巍然世代传。
若问其中新故事，眼前总是旅游团。

回乡风情

崔永庆

浑圆穹顶泰姬风，毗寺蟠村一脉承[1]。
历史烟云呈异彩，人文情致贯园中。
声声邦克邀星月，句句箴言颂圣功。
盖碗浓茶香四溢，回街流恋品风情。

1 泰姬陵是印度伊斯兰教建筑的典范，其构思和布局充分体现了伊斯兰建筑艺术庄严肃穆、气势宏伟的特点。中华回乡文化园的设计正是体现了这种风格，且与回族名村纳家户及清真寺毗蟠相连，浑然一体，是领略回族风情的绝美之地。

回乡风情

魏康宁

其一

不惧千山远，等闲万水遥。

足迹留赤县，繁衍遍天朝。

劳作南国店，栽培塞北苗。

神州连四海，回汉心一条。

其二

玉楼金顶靓园林，气势恢宏举世闻。

展览融通中外事，礼仪再现古今情。

民俗馆里民俗问，美味宫中美味寻。

月上兰山歌舞起，喜迎四海五洲人。

回乡风情

张　嵩

塞上风情有大观，回乡文化自当先。
声声邦克一心静，句句真言两世欢。
博物长存奋斗史，民俗尽显吉祥篇。
梅香书卷千年梦，新月初升映九天。

回乡风情

潘万虎

金碧辉煌势不凡，月牙朝圣穿摩天。
古兰宝训清心肺，伊教真经润胆肝。
华夏欢歌同血脉，九州劲舞共家园。
强国聚力情相系，盛誉回乡四海传。

回乡风情

黄正元

其一

羊排枸杞富营养，多少寿星出回乡。

端起回园八宝茶，似入瑶台饮玉浆。

其二

庄严静洁启虔肠，憧憬无边拜里藏。

但得人心齐向善，和谐共享亦天堂。

其三

回族文明传久远，和平团结是主旋。

植根华夏融乡土，永结金兰共苦甘。

回乡风情

白林中

古道烟尘似梦萦，驼铃千载月间行。
横陈大食风情志，直面回乡习俗城。
忠烈应存文物馆，贵珍当数古兰经。
高天厚土皆兄弟，缘自中阿骨肉情。

回乡风情

闫立岭

丝绸古道清真寺，塞外黄河柳岸旁。
沙漠驼铃飞雪远，湖城春日落花长。
心随圣路朝一处，风送经音至四方。
月上贺兰君莫舞，情怀天梦到回乡。

回乡风情

邓成龙

其一

伊史辉煌绘彩卷，长河浩瀚谱新篇。
驼铃摇曳声悦耳，沙涛起伏浪惊天。

其二

穹顶流金映长空，瓷壁雕花托斗拱。
圣殿巍峨北地日，邦克悠扬西域风。

其三

回家婚俗驻新村，工艺剪纸集大成。
哇呜吹响塞上曲，口弦弹出北国春。

其四

枸杞红枣白沙糖，盖碗馓子金油香。
借问美食何处有？曼苏尔宫烤全羊。

回乡风情

丁玉芳

船呈千古义，寺继百年风。
月上贺兰舞，霞铺金殿迎。
爱伊尝美味，望塔唤清真。
夜色奇光炫，荷风碧水酪。

回乡风情

刘德祥

圆穹新月入云霄，绿树溪波绕厦姣。
高耸拱门迎客进，低喷舞水引宾瞧。
名人经典辉煌闪，伊史文明美誉遥。
圣殿白冠恭礼拜，阿訇教导语滔滔。

回乡风情

薛建民

其一

碧野秧香纳户兴，清波亮澈颂乡情。

金辉圆顶迎霞灿，玉洁长坊落月明。

其二

柳拂轻烟满宅青，风撩古道把客迎。

飞檐挺瓦悬诗意，画栋雕梁举友情。

月启四时常秀丽，岁更五百倍丰盈。

祖先创业传勤苦，华夏回乡展美名。

回乡风情

雨　虹

其一

遥看仙子酣睡中，或今香梦已乘风。
自从居在回乡地，遍逐人间绿与红。

其二

玉殿恢宏南北通，浮雕绚丽染阿宫。
虔心每向麦加去，善意长流后世中。

其三

塞上由来八宝茶，清泉付与郁偏奢。
馨香四切留人醉，润向齿间幽复加。

回乡风情

黛　叶

千万多年历史痕，古书行字有奇魂。
沙漠烟尽风磨物，瓷碗茶香雨洒榛。
秋火染旗雄血泪，春溪映柳蛾眉颦。
而今回汉常欢笑，伫视相望互登门。

回乡风情

王永华

月上贺兰柳枝弯，汉回同聚乐团圆。
粉汤豆腐一锅烩，羊杂葱花满碗端。
煜煜朔方桑梓地，绵绵塞上米粮川。
如今步入新时代，共赞回乡文化园。

少年游·回乡风情

沈华维

回乡面貌正刷新，不变是清真。
顶悬冷月，花儿醉客，礼拜洗凡心。

潮声迭起黄金岸，商贾阵如云。
富路通天，和风入户，吹绿万家春。

朝中措·回乡风情

李玉民

辉煌雄伟壮回乡，塞上绽群芳。传耀民族圣殿，通达丝路桥梁。

物藏经典，艺抒风采，史载华章。尽享清真精粹，饱尝绝色天香。

踏莎行·回乡风情

马 犟

盖碗飘香，汤瓶寓意，盖头巧饰娇羞女。妙姿曼舞展风情，花儿高亢传十里。

圣殿如山，虔心似玉，麦加朝觐思公义。精神底蕴秀晴川，重回丝路弹新曲。

沁园春·回乡风情

张 宇

藩客云集，大夏终宁，回园始芳。望凌霄尖塔，岌岌入天；鎏金穹顶，熠熠争光。肤润鹅脂，冠浮芽月，花草丛生披彩裳。须良夜，赏霓虹闪烁，星耀城疆。

阿依歌舞停云，又岂料清真美馔香。幸安拉普赐，群贤毕至；圣人护佑，少长端庄。邦克声声，礼仪翼翼，如饮甘醇飘四方。观今世，彰回族文化，看我为冈。

黄河金岸

　　加快沿黄经济区建设，打造"黄河金岸"，是宁夏回族自治区党委、政府贯彻落实科学发展观，推进区域城镇化和城乡一体化，促进全区经济社会跨越式发展做出的重大举措。黄河金岸以黄河为纽带，以引黄灌区为依托，以首府银川为中心，以石嘴山、吴忠、中卫三个地级市为主干，青铜峡市、灵武市和永宁、贺兰、平罗、中宁县城及若干建制镇组成的城镇集合体。是宁夏的精华地带和经济发展的龙头，是呼包银经济区、陕甘宁革命老区和能源化工"金三角"的重要组成部分，也是黄河上游地区发展条件最好的区域之一。

吴忠滨河大道　牟将/摄

黄河金岸

魏康宁

六线一堤现北国，长河浩荡泛新波。
圣坛咏赞自强路，书院长吟奋进歌。
河楼擎起通天柱，古镇迎春喜事多。
回汉同心天府靓，辉煌金岸变福窝。

黄河金岸

崔永庆

绵延黄水道为堤，千里河防一坦途。
岸阔依依凭柳绿，道宽荡荡任车驰。
楼坛逸韵倚河热，商贸娱闲傍路滋。
断续丝绸兴盛路，谁言不是又一支！

黄河金岸

邓　万

穿峡越岭气何舒，两岸风光胜玉姝。
蘸尽滔滔九曲水，绘出今日上河图。

黄河金岸

熊品莲

琼阁青云里，涛声韵似弦。
水光浮落日，霞彩荡轻烟。
每觉征帆远，方知春色妍。
临空歌袅袅，诗兴动山川。

黄河金岸

王正华

黄河大道展容颜，南北交通一线牵。
工业园区兴两岸，农田水网利周边。
名城重镇呈珠串，大厦新村栉比连。
塞上今朝名海域，飞腾跃马再扬鞭。

黄河金岸

任登全

身姿伟岸立河边，安然慈祥宛若仙。
持穗麦香歌丰乐，执简书意咏心宽。
神州儿女创新业，域外子孙建家园。
四海手牵中国梦，感恩孝母敬前贤。

黄河金岸

沙俊清

都道黄河是母亲，如今金岸更骄人。
滨河大道车流滚，傍镇良田麦浪深。
四市联珠千倍力，全民创业一条心。
琼楼杰阁连云起，月夜仙宫画里寻。

黄河金岸

张　嵩

浪涌大地起春潮，无限绿洲尽碧瑶。
古渡落霞何寂寞，新岸流翠却妖娆。
雁来芦荡鸟轻唱，水聚稻田秧漫摇。
热土开发兴伟业，民生首善赞英豪。

黄河金岸

许　凯

气共轩辕便不凡，惯将冰阵入新年。
晴光四漾生鸾凤，云路双悬系海天。
日上长城沙塞远，风回碧柳玉街宽。
春潮战罢红尘落，明月依依照贺兰。

黄河金岸

刘德祥

水畔逢春景色优，盈眸绿染醉心头。
清风激浪红鳞戏，画栋飞檐彩殿悠。
古渡群桥其高速，新街百苑竖华楼。
圣坛祭拜娘恩惠，滋润文明永世流。

黄河金岸

韩长征

黄河塞上结新缘，圣坛宏楼起大观。
礼敬千年慈母爱，感恩寸草赤心丹。
复兴华夏承基厚，泽润文明筑梦圆。
锦凤涅槃欣有日，腾空万里彩云间。

黄河金岸

许东君

黄水钟灵边塞地，滨河金岸朔方天。
层林浪卷白沙雪，大道缨披戈壁滩。
万亩中开博物院，三秋初现小江南。
花袭稻杞憧新梦，芦隐扁舟入碧川。

黄河金岸

韩林森

曾是荒滩乱草丛，黄潮汹涌岸常崩。
今观阔道青枝秀，顾眺岚山云色浓。
曲水涟漪新馆列，大桥飞跨碧波泓。
滨河福地宏图壮，和谐回乡两岸通。

黄河金岸

强永清

万里长河起大楼，朔方美景耀神州。
飞檐叠翠云天外，金色琉璃胜缎绸。
黄水滔滔流不断，河清海晏灌平畴。
风轻浪静登高处，塞上江南一望收。

黄河金岸

王福昌

黄河金岸宽平路，大气宏图十县雄。
建树丰碑立新镇，力兴经济辟交通。
人文美景迎鸾凤，湿地乐园栖鹜鸿。
伟略煌煌壮今古，衢连西部借东风。

黄河金岸

曾禹铭

大河蜿蜒九道湾，十城广厦立两边。
和谐永续人民富，柳岸花香美银川。

黄河金岸

田　凯

黄河拍岸留金沙，蜿蜒九曲奔天涯。
稻谷飘香瓜果甜，塞上湖城宜安家。

水调歌头·黄河金岸

宗　西

破雾云涛涌，撼日浪排空。昆仑西极寒彻，紫气贯滇东。峡出青铜高坝，一望平畴无际，满目尽葱茏。晚照渔歌里，千载唱豪雄。

金堤固，楼阁起，跨长虹。锦城雾列襟抱，辐辏九衢通。云集冕旒才俊，鼎兴商工百业，天府[1]势乘龙。漠北腾飞日，指点傲苍穹。

1　天府，代指宁夏，宁夏平原于2008年4月被《中国国家地理》杂志评为全国十大新天府之一。

鹧鸪天·黄河金岸

高振平

出世横空天水狂，青铜峡越转柔肠。水浇两岸稻粱稳，雨润一川泥土香。

珠放彩，宝流光，朔方天府胜名扬。长河大漠描新画，塞上江南续锦章。

鹧鸪天·黄河金岸

闫云霞

九曲长河春几湾？此湾擂鼓正扬帆。青铜溢彩琼楼灿，金岸流光古峡欢。

追塞纳[1]，赛江南，十城风物任流连。波涛也晓回乡梦，万里奔腾入海圆。

1 塞纳：塞纳河，是流经法国的四大河流之一。在巴黎等地，埃菲尔铁塔、教堂、歌剧院等级经典建筑依河而建，形成了举世闻名的赛纳风光。

行香子·黄河金岸

刘剑虹

　　工业园昌，生态园芳。筑金岸，水富城乡。重游故地，河曲流长。串市如珠，路如带，傍新房。

　　长河巨变，仍重农桑。杞争红，瓜果飘香。沟渠织网，塞上粮仓。看树如烟，麦无际，稻无疆。

临江仙·黄河金岸

李玉民

　　逐浪追波偎岸畔，听涛侧耳长河。丹青妙笔绘几多。风光酬塞上，道阔竞飞车。

　　路水相依添锦绣，途通劲奏欢歌。新村市镇缀和谐。沿黄崛起日，佳话后人说。

临江仙·黄河金岸

马 犟

谁舞金龙分绿野，九曲转尽风情。日出河套宛虹明。紫烟高塔绕，细雨水车凝。

两岸春光欺画卷，莺声唤醒荷声。长临大坝赏屯耕。梨花开晚照，白鹭慕晴空。

水龙吟·黄河金岸

雨 虹

惯黄河水咆哮，奔雷到此声方止。兰山傍倚，金沙暖睡，春鸭试水。杨柳堆烟，金葵摇岸，试河舟子。古寺钟声起，层林响彻，惊几个、鸳鸯翅。

时有黄河碑记，赋生平，几多文字。季陵去远，维公何处，青莲才气。[1] 异日春光，风流尽数，景堪如此。更河楼、遍有仙宫气味，赛蓬莱矣。

---

1 季陵指王之涣，维公指王维，青莲指李白。

六盘烟雨

　　六盘山，四季雾气笼罩，水雾交融，雨水细如烟雾，形成了烟雨蒙蒙的壮观景象，如梦如画。当太阳透过云层，雾气散尽，村落、农田、绿树、鲜花又如水墨画般由浅至深逐渐清晰，群峰峻岭、山花碧草一览无遗。六盘山自然风光独特，旅游资源丰富，荟萃了野荷谷、胭脂峡、老龙潭等八大景区的70多个精华景点，具有雄、奇、俊、秀之特点，兼具江南秀丽与北国雄浑之壮美景色。

秋染六盘　强继周/摄

六盘烟雨

海　军

六盘漫卷红旗风，烟雨苍茫忆旧踪。
霜重迎来层林染，雄奇巍峨竞千红。

六盘烟雨

魏康宁

峰险山高浩气存，足迹警世细心寻。
碑前怀念缅英烈，旗下致哀铸胆魂。
荡气乐章天际响，回肠诗词九州闻。
开发西部号声紧，塞北山川气象新。

六盘烟雨

潘万虎

土厚峰巍古就雄，星更辰替蕴奇功。
凝源蓄水风云顺，聚势抚苗草木葱。
人沐甘霖精气爽，禾滋宝露果颜红。
恩泽福地开眉笑，禄赐黎民世代荣。

六盘烟雨

任登全

林障阴霾弥峦山，驾雾腾云上六盘。
步入蟾宫临咫尺，遨游银汉漫无边。
穿山隧道通两地，跨涧长桥赵萧关。
高唱清平乐一曲，汉回协力建家园。

六盘烟雨

沙俊清

伟人一曲清平乐，四海闻名胜利山。
青翠煽情野荷谷，神奇魅力老龙潭。
遐思萦绕胭脂峡，溪水流连小南川。
细雨蒙蒙堪醉客，有谁还去忆江南？

六盘烟雨

韩长征

有客远来访圣山，霜晨相伴上六盘。
群峰苍翠雨初后，银蟒遥腾夜雪前。
漫卷红旗飘万代，开拓群彦绘大千。
冰消劲松天日朗，如画江山万里宽。

六盘烟雨

李宪亮

横空出世扼陇原，朔风秦雨唱萧关。
远观玉虚云霓舞，近看峰峦碧翠衔。
南川听涛知松古，龙潭观瀑觉水寒。
古今名流临此境，各抒情怀赋遗篇。

六盘烟雨

许　凯

梯田古塞层层上，落日斜晖过六盘。
树满云峰千壑绿，荷铺清涧一溪圆。
流莺叶底翻红雨，烈士风前啸洞天。
若许人生常自在，濯足应向老龙潭。

六盘烟雨

刘德祥

丰碑高耸入云端，威武红军传记灿。
翠柏丛丛思烈士，鲜花簇簇献英贤。
松涛林海生涓气，瀑布泉溪滋岭塬。
水秀山清风景美，誉扬遐迩乃名山。

六盘烟雨

闫立岭

泾河清水过三关，飞瀑流云上九天。
彩梦情缘七色雨，红旗魂系六盘山。

六盘烟雨

丁玉芳

烟雨葱茏绕六盘，当年豪气撼长天。
清平乐谱风云路，天下谁人不诵传。

六盘烟雨

黛　叶

山影寒黄冷气狂，松难离碧柏依苍。
红军留此千红片，亭望云低见路长。

六盘烟雨

陈 军

横空出世六盘山，烟雨迷茫锁九天。
昔日红军山上过，天高云淡笑开颜。

六盘烟雨

于秀萍

九曲高耸入云巅，野谷深峡秀美观。
烟雨朦胧流影翠，春秋常驻六盘山。

六盘烟雨

王 义

烟雨六盘山，苍茫入九天。
人生挥手处，已在水云间。

六盘烟雨

蒋振邦

六盘高峰红旗展，辉耀山水红歌传。
历史烟雨今有是，改天换地尽好汉。
须弥火寨绽新颜，奇峡秀水泾河源。
花儿漫天人气旺，"一带一路"兴六盘。

浣溪沙·六盘烟雨

雨　虹

春到六盘山水前，波光浮动腻云鬟。清流湿袜惹
郎怜。

山鸟殷勤歌欲醉，圆荷泄露绿盈天。层林深处雨
飞烟。

念奴娇·六盘烟雨

张　嵩

边关险隘，更群山环绕，客愁难度。南往北来留惊
梦，空惹满身寒露。回望长安，遥思朔漠，有几多歧
路？行人羁旅，怨尤知向谁诉？

流水婉转如筝，出峡东去，弹起一川雾[1]。万里征蓬
朝塞上，归雁急飞入目。落日时节，风云际会，烟霭凝
成柱。雄姿虽逝，却藏诗赋无数。

1　萧关脚下有一峡谷曰弹筝峡。

踏莎行·六盘烟雨

闫云霞

泾水清清，盘山霭霭，松涛阵阵波如海。老龙掬起水三潭，青山着意描边塞。

鸟唱山歌，龙吟风采，梯田叠翠飘裙带。春播希望画中行，秋收金穗心澎湃。

满庭芳·六盘烟雨

马 犟

逶迤峰峦，翠浓红淡，重重古道绵延。松鸣横影，飞瀑浣青莲。绕径紫云缠步，晨曦曜，隐彩流丹。逢初霁，珠凝霞蔚，虹贯向萧关。

盘桓。轻雾锁，烟光草色，酷暑犹寒。纵粗茶陋盏，不羡神仙。今日苍龙缚就，登高处，笑点山川。凭栏久，金雕望断，心远可思还？

临江仙·六盘烟雨

高振平

百里峰回路转，六盘通向云端。沧桑几度态依然。一身花木秀，遍体缀斑斓。

泰岳嬴皇觅寿，毛公登此更天。清平一阕势狂澜，红军遗迹在，烟雨播人寰。

望海潮·六盘烟雨

邹慧萍

宁南形胜，陕甘天堑，六盘雄峙山佳。千里绵延，万丈高耸，自古多惹兵家。始皇北巡地，汉武六驻扎，豪犷如侠。一代天骄意气发，策马天涯。

重峦叠翠幽峡。似柔情缱绻，貌美如花。云潜龙潭，雨藏湫涧，纤纤出岫烟霞。更鸿飞雁伐，云淡天高，吟赏意气发。此处拙将奇景，绘呑外人夸。

满庭芳·六盘烟雨

高丽君

塞上秋深，山峦色变，晨望烟霭蒙蒙。彩霓飘絮，云岛映青嵩。浓雾相携旋顶，飘不定、鹰雀少踪。忽一黯，松涛向晚，古木尽缠绒。

苍穹。犹记得，旌旗翻卷，绿海染红。又传炮枪声，威震峰丛。俯瞰羊肠弯路，人何在、烈烈朔风。霜弥重，望石碑耸，肃立祭英雄。

水龙吟·六盘烟雨

杜枚

满楼朔幕风萧，目穷处叠峦低雁。群峰墨染，层巅雾霁，云蒸半岘。仲夏林深，淡云阁雨，轻裘微暖。纵老潭壶冷，戏莲溪畔，皇家乐园初建。

闻此登高念远，望三关，千年鸿宴。秦皇出塞，汉唐列阵，风流依散。漫卷红旗，千古文章，立碑成典。意正酣，却又烟升雨渐，雁衔秋远。

沙湖苇舟

　　六盘山，四季雾气笼罩，水雾交融，雨水细如烟雾，形成了烟雨蒙蒙的壮观景象，如梦如画。当太阳透过云层，雾气散尽，村落、农田、绿树、鲜花又如水墨画般由浅至深逐渐清晰，群峰峻岭、山花碧草一览无遗。六盘山自然风光独特，旅游资源丰富，荟萃了野荷谷、胭脂峡、老龙潭等八大景区的70多个精华景点，具有雄、奇、俊、秀之特点，兼具江南秀丽与北国雄浑之壮美景色。

无限风光在沙湖　牟华/摄

沙湖苇舟

李增林

碧水金沙映彩霞，鹂歌岸柳伴荻花。
芦争绿簇翔鸥鹭，舟竞银波跃鲤虾。
登岸滑沙童趣漫，骑驼征远古思遐。
茅亭更喜清风渡，疑步秋江澧水涯。

沙湖苇舟

崔永庆

金沙碧水映兰山，旖旎风光蔚大观。
湖里浮荷恣意艳，渚洲落雁不思还。
苇林莽莽听鱼跃，浩水悠悠看鸟翩。
造化钟灵奇秀处，融容塞北与江南。

沙湖苇舟

魏康宁

其一

沙从天上降，水自地中来。
漠水相依恋，神奇画卷开。

其二

沙纯湖水碧，苇密鹭鸥排。
唱晚渔翁醉，迎曦贵客来。

沙湖苇舟

马乐群

碧水金沙景色新，天光山影倍销魂。
波涛万顷存明镜，芦苇千墩荡绿云。
欢鸟争鸣摇爽翅，惊鱼奋跃炫银鳞。
驼行鸢舞游人醉，乐戏和风笑语频。

沙湖苇舟

李宪亮

湖阔苇丛幽，细沙似锦绸。
云淡鱼戏月，帆移浪拍舟。
野渚翔鸥雁，兰山毓千畴。
夕阳驼影远，晚秋一镜收。

沙湖苇舟

崔正陵

银汉输来万顷波，又移大漠几丘坡。
明驼惊骇滑沙板，画舫沉迷映日荷。
苇荻丛丛藏好梦，鹭鸥对对亮新歌。
乘风更上千层塔，一览湖山春色多。

沙湖苇舟

沙俊清

游客惊呼造化功，江南绮丽朔方雄。
鸥飞翠苇轻扬外，舟泛烟波浩渺中。
靓女如鱼游碧水，缆车似鸟越晴空。
沙山更喜洁如雪，几点驼峰晚照红。

沙湖苇舟

熊品莲

大漠风光多异景，黄河偏爱夏王城。
沙山沙染驼铃响，芦荡芦深翠鸟鸣。
戏水银鳞随旧侣，翔空苍鹭结新朋。
暮来遥听笙歌起，唱彻回乡万里晴。

沙湖苇舟

潘万虎

翠苇葱芦绘画塘，欢鸥惬鹭竞翱翔。
金波聚浪绵延舞，秀景绝别可有双？

沙湖苇舟

张 嵩

风中芦苇荡飞舟，驼队隐约万木秋。
南去雁声留倩影，深湖鱼美戏沙鸥。

沙湖苇舟

杨石英

谁家翡翠落金盘，时令游人兴未阑。
万古荒原人迹少，蒹葭一片引鸥缘。

沙湖苇舟

任登全

半是沙山半是湖，相辉成趣景奇殊。
驼游瀚海翻金浪，艇荡芦丛溅玉珠。
大漠情牵邀远客，长空雁叫寄音书。
水光山色陶人醉，不逊天堂杭与苏。

沙湖苇舟

黄正元

沙多异趣水融情，四季追欢梦里疯。
驼背萧然迎返鹤，轻舟绕翠伴鸳行。
海空静洁观归雁，玉面飞旋舞企城。
最是暑天游兴尽，鲇鱼擒取岸边烹。

沙湖苇舟

闫立岭

碧湖如镜映流云，绿苇兰舟荡我心。
塞北沙滩寻曲韵，江南水榭探诗魂。
石林鸽落惊乡客，鸟岛鸥飞醉画人。
紫雨亭荷摇梦藕，红霞楼燕笑风尘。

沙湖苇舟

左宏阁

湖泊缘何落塞北？沙为裙裾山为屏。
苇丛片片随风舞，鱼儿跳跃鸟争鸣。
水清沙细自然美，诱人嬉戏沙水情。
游船如织穿梭急，人间仙境任尔行。

沙湖苇舟

许东君

天赐一泓水，长汀大雁排。
风吹光影动，日荡芦花开。
沙浪车出没，湖舟客往来。
千年戈壁岸，万顷碧波裁。

沙湖苇舟

李克昌

乘兴游沙湖，碧水映苇舟。
惊起巢中雁，一路上云头。

沙湖苇舟

强永清

五月沙湖绿如蓝，鹤鸥翔集耀云天。
苇丛筑就鸳鸯梦，游客远观竟忘还。

沙湖苇舟

王　军

沙湖飞落贺兰边，侣伴沙滩若为缘。
弱水三千天上客，碧波十万水中弦。
摇舟戏浆芦花去，击水逐流白浪翻。
莫道江南春水暖，钓鱼胜似洞庭鲜。

沙湖苇舟

余丽萍

遏浪飞舟细雨潸，频开数码锁碕湾。
田田莲叶浮深水，片片苇荻映远山。
骑士马鞍英俊气，美人鱼尾丽姝颜。
湖光秀色堪称绝，地上天堂不一般。

沙湖苇舟

韩林森

天生地造碧湖洲，塞上明珠引客流。
才品沙湖虾味美，又闻大漠驼铃悠。
荷塘月下轻舟荡，芦苇丛中翠鸟啾。
塔顶畅怀歌胜景，激情漫步作豪游。

沙湖苇舟

周志远

黄河辉映贺兰巍，明镜瑶池仙客归。
芦荡追鱼白鹤跃，涟波逐舵玉龙飞。
一轮皓月湖中挂，半壁沙山水畔堆。
西子从来夸妩媚。如今塞上斗芳菲。

沙湖苇舟

于秀萍

苇湖天降落沙洲，翡翠盘中潋滟收。
鸥鹭掠飞驼远去，蒹葭簇簇绕行舟。

沙湖苇舟

田　凯

碧波荡起轻叶舟，鱼隐青苇乐无忧。
展目惊见金沙浪，风送驼铃入清流。

沙湖苇舟

寇天福

泱泱瀚海起微澜，潋滟碧波粼若练。
百鸟翔集鸣翠苇，几峰驼影横天边。
渔舟唱晚沐夕照，大漠映霞落日圆。
丽水金沙融南北，风光独秀堪奇观。

临江仙·沙湖苇舟

王福昌

沙水相融盈秀色，春归几度曾经。天蓝风定漾波清。高丘呈大漠，瀚海寄驼情。

昔是渔湖农垦地，长传岁月回声。千丛苇荻隐舟行。立湖凝望远，驾艇借风乘。

青玉案·沙湖苇舟

闫云霞

美湖偏爱沙山爽，北风缓、清波漾。浩浩无垠金碧障。芦芽新冒，燕儿欢畅，鸥鹭频相望。

驼奔马骋迎风上，笑语盈盈漫冲浪。小伙撒开千结网。姑娘轻道：蚌肥鱼胖，谁把花儿唱？

少年游·沙湖苇舟

沈华维

碧波绿苇映清晖，一望竟芳菲。快舟拖雪，香荷散露，细雨鸟低飞。

湖山沙水皆清美，赏罢会思谁？雁阵横陈，芦花轻起，鱼跃暮秋肥。

浪淘沙·沙湖苇舟

李玉民

碧水挽沙峰，娇意浓浓，江南塞北共风情。览客蜂拥观秀美，不是虚名。

飞艇翠芦丛，百鸟歌鸣，鱼翔虾跃戏追踪。湖泳沙泊游兴盛，乐在其中。

水龙吟·沙湖苇舟

张金龙

九月花事寥然，开到菊黄秋阑珊。鹤唳天高，雁叫水远，归帆冉冉。桨橹声里，斜阳影照，渔歌唱晚。见芦花白处，飞舟往来，细凝盼、湖天蓝。

唯是愁肠不断，风忽起落叶吹散。君去不回，痴心一颗，分作两半。梦里片时见，偏又被、断鸿惊残。倚危栏、寄情流水，载恨到湘沅。

捣练子·沙湖苇舟

马 犟

沙抱水，水拥沙，大漠湖光灿晚霞。
一叶轻舟分苇影，几行白鹭入云涯。

沙坡鸣钟

　　位于宁夏中卫市区以西20公里的腾格里沙漠东南边缘地带的沙坡头，既有大漠、黄河，又有高山、绿洲，自然景观独特，被旅游界誉为世界垄断性旅游资源。在黄河左岸腾格里沙漠的绿洲上面，有一座高达近百米的大沙丘——鸣沙山，这里的沙子，一年四季都能发出一种奇妙的声音。登上坡顶，顺势下滑，即刻会听到嗡嗡嗡的轰鸣。起初，那声音宛如古刹钟声，由远及近，悠扬洪亮；继而，又像腾空翱翔的飞机，隆隆作响；随后，又像千万铁骑驰奔疆场，吼声贯耳，这就是著名的自然奇观——"沙坡鸣钟"。

塞上明珠沙坡头　张永祥/摄

沙坡鸣钟

曹化一

沙坡瞠目满金沙，草格泪泉吟物华。
浪里鸣钟若雷鼓，波中游筏似仙槎。
烟笼大漠来新客，日暖长河吐绮霞。
石上王维名句在，耳边隐隐是胡笳。

沙坡鸣钟

崔永庆

驼铃还摇幽古梦，汽笛鸣响颂今声。
皮筏满载一河笑，索道常牵两岸情。
树影花光织锦绣，莺歌燕舞酿升平。
天成地设太极阵，沙水相依凝永恒。

沙坡鸣钟

东　炎

万里黄河九曲回，神奇造就万斛堆。
穆王西狩宴王母，骄子南征继虎威。
沙漠洪钟奏天乐，长河落日映遗碑。
钟灵毓秀雄奇地，阵阵驼铃排子随。

沙坡鸣钟

刘剑虹

黄水一湾如月牙，高坡对岸有人家。
横空钢索从天降，破浪皮筏竭力划。
泪溢悲泉情不尽，钟鸣崖底秘难察。
巧铺新绿流沙固，铁道飞车举世夸。

沙坡鸣钟

沙俊清

谁知大漠恋黄河，浩瀚沙山游客多。
河上皮筏穿浪里，坡头钟响喜心窝。
硒砂瓜味甘留口，中卫鱼鲜香满桌。
碧草金格常护路，包兰一线过长车。

沙坡鸣钟

黄正元

治沙奇迹惊寰宇，神异鸣钟动古今。
皮筏通连虹彩路，驼铃承载四方春。
飞车无忌旋沙麓，落日晶波暗五津。
最是金秋果盛时，满坡花棒摄人魂。

沙坡鸣钟

任登全

沙坝鸣钟世界迷，黄龙穿上绿新衣。
荒原万顷开新景，绿树千株乱鸟啼。
汽笛长鸣腾格里，夕阳西下彩霞奇。
河中皮筏如闲步，晃晃悠悠东复西。

沙坡鸣钟

张　嵩

千山草绿少沙踪，长水半湾连碧空。
落日孤烟常入画，坡头一跃响鸣钟。

沙坡鸣钟

闫立岭

心怀大漠梦驼铃，不忘黄河亘古情。
塞外绿洲夕日远，沙坡烟雨伴钟鸣。

沙坡鸣钟

丁玉芳

大漠长河浩水分，诗篇传颂费沉吟。
沙鸣绿岸钟声远，一页翻成是古今。

沙坡鸣钟

于卫东

浩瀚无垠沙万里，空许百载付相思。
叮咚梦境驼铃响，笑面扑来翠柳痴。

沙坡鸣钟

陈 军

长河落日沙坡头，游客滑沙似水流。
十里钟鸣何美妙，恍如漂海神仙游。

沙坡鸣钟

于秀萍

茫茫大漠卧长河，郁郁沙洲绿满坡。
日落飞鸿山尽处，驼铃一曲岁蹉跎。

沙坡鸣钟

刘德祥

沙山高耸入云端，晴日臀滑钟鼓喧。
金岭盛年尘漠退，银波刹那锦舟添。
花荣林茂徕游客，鸟涌蝶纷忘返原。
首脑外宾都赞美，神话奇迹震苍天。

沙坡鸣钟

黛　叶

塞上长河闻驼鸣，无风人影叹何声。
读诗千载孤烟在，愿闻沙钟天下名。

沙坡鸣钟

郭　荣

滑沙座下有鸣钟，排子驼铃味更浓。
大漠孤烟成旧景，长河落日焕新容。
平安铁路多穿越，幸福花儿常遇逢。
丰厚人文传万古，携来广宇觅游踪。

沙坡鸣钟

周志远

黄河恋塞几回头，一曲花儿两岸流。
白马拉缰追浪骋，羊皮筏子载人游。
沙坡冲浪驼铃脆，索道飞鸿船哨稠。
玉带情牵天下客，母亲甘露润春秋。

沙坡鸣钟

晓　峰

黄河自古九连环，古渡沙鸣大漠连。
驼队悠然凭落日，春风染绿美家园。

河传·沙坡鸣钟

杨森翔

树渺，沙远，黄流纹细，白堤微现。水一湾，浑脱船，一声锣鼓飞似箭。

龙争虎斗到天上，放眼望：艨艟凝屏障。草初长，花欲狂，堪赏。鸣钟为谁响？

清平乐·沙坡鸣钟

杜桂林

沙坡头好，大漠生青草。绿树葱葱莺鹊吵，世界闻名环保。

黄河坡下汹汹，火车坡上隆隆。爱蹭鸣沙取乐，游人上下匆匆。

玉楼春·沙坡鸣钟

闫云霞

桂城覆没纯神话？几代治沙年过甲。黄龙缚住铁龙欢，岂止天然夸造化。

皮筏搏浪悠悠下，探险腾格徒步跨。浪花翻滚诉衷情，尤向世间说叱咤。

南歌子·沙坡鸣钟

马　翚

朔漠添风韵，黄河舞太极。驼铃声断杜鹃啼。惬意皮筏飘荡水流急。

雾送馨香远，风拂碧草萋。人随滑板共飞移，领略钟鸣沙下古来奇。

少年游·沙坡鸣钟

沈华维

孤烟大漠过时风，草网锁沙龙。驼铃逐梦，皮舟载客，坡上响金钟。

斜阳半染胭脂水，不改是初衷。九曲横波，长堤笼月，篝火映星空。

沁园春.沙坡鸣钟

段庆林

望断西天，黄沙漫漫，贺兰坍塌。敬华年白发，秸网野马；身如绿树，血浸红花。百尺沙坡，鸣沙滑下，疑是沙场齐奏筄。嬉游处，恋涓涓流水，芳草人家。

黄沙脱去沙峡，滔滔浪，依然卷巨牙。忆丝绸之路，浮槎弱水；和番发配，如去天涯。羊皮方筏，而今戏耍，尽兴兼葭暗晚霞。归去也，看车穿沙漠，驼老难爬。

神秘西夏

　　西夏是由中国历史上少数民族党项族在中国西部建立起来的政权。自公元1038年李元昊在兴庆府（今银川市）称帝至1227年被蒙古帝国所灭，历经189年。最鼎盛时期面积约83万平方公里，包括今宁夏、甘肃大部、内蒙古西部、陕西北部、青海东部、新疆东部及蒙古共和国南部的广大地区。元朝统一后，西夏文化逐渐消逝在漫漫的历史长河中，成为千古之谜。西夏无论在政治制度、经济发展、军事机构，还是文化艺术的成就，都深深印刻着中华文化的烙印，是中华文化绚烂多彩的一支，并对我国西北地区边疆统一、繁荣发展和民族融合起到了积极作用。

　　现存的西夏王陵，被称为"东方金字塔"，是西夏王朝历代皇帝的寝陵，坐落在贺兰山东麓，在方圆53平方公里的陵区内，分布着9座帝陵，253座陪葬墓，是中国现存规模最大、地面遗址最完整的帝王陵园之一。

西夏王陵　吴衡/摄

神秘西夏

张　嵩

一川新草作旗飞，万马千军解甲归。
梦里贺兰依旧在，王陵夕照落余晖。

神秘西夏

马乐群

昊王霸业迹全消，残瓦废砖胆气豪。
屹立东方金字塔，壮怀西夏旧时标。
依山形胜云腾势，对野貌雄霭起潮。
迎面常吹罡风劲，夕阳如火耀天烧。

神秘西夏

邓　万

其一

朔方莫道古荒凉，西夏王陵气自煌。
一代枭雄称大夏，千年荒冢卧名王。
曾无遗族添新土，终有流风到远方。
后世笑评功与过，游民文化岂能亡。

其二

贺兰苍茫黄河长，塞外自古是胡乡。
一代枭雄元昊业，千年荒冢大夏亡。
纵有英明炳青史，终无族人祭党项。
功过任凭后人说，口碑从来颂炎黄。

神秘西夏

崔永庆

错落丛陵山水间，风剥雨浸近千年。
雕痕画迹依稀现，帝范皇风仍壮观。
世誉东方金字塔，谁堪正史少遗篇。
陵前回望兴衰事，铁马金戈终化烟。

神秘西夏

闫立岭

党项威风大漠前，拓跋战马立萧关。
玉门西望夕阳好，河水东流晓梦寒。
元昊痛哭金字塔，可汗悲叹贺兰山。
苍天不笑英雄泪，雨雪风霜九百年。

神秘西夏

沙俊清

其一

历数沧桑八百秋，贺兰山下古冢稠。
繁华散尽辉煌去，谁识当年王与侯。

其二

西望青山气势宏，突兀金塔立峥嵘。
今朝野旷天低处，昔日花明柳暗丛。
歌舞金杯斟月夜，烽烟铁马射雕弓。
昊王豪气今何在？陵阙难埋一代雄。

神秘西夏

东　炎

叱咤风云二百年，唐封皇姓幸荣传。
魂归岌岌贺兰麓，功载煌煌通鉴篇。
霸业兴亡随世事，黄泉神鬼泣苍天。
九陵英主清平梦，夕照荒丘一缕烟。

神秘西夏

丁玉芳

元昊开国数百年，沧桑变幻剩陵园。
遗踪字解从前事，无数功勋叹逝川。

神秘西夏

熊品莲

贺兰山下昊王陵，朔漠无边草色青。
金字塔前迷夕照，忽闻天外管弦声。

神秘西夏

杨森翔

夏陵静静卧残阳，满目幽思逝水凉。
黄土兰山堪厚重，从来未见阻兴亡。

神秘西夏

于卫东

古姓拓跋宁夏存，党项族群化故人。
可叹威风今不在，只留土冢仁黄昏。

神秘西夏

刘德祥

兰山脚下显奇观，文物辉煌悦眼帘。
九座帝陵金塔耸，陌年社稷铁蹄掀。
妙音神鸟鸣天惠，健体铜牛思梦圆。
独特国文形似汉，园区美景茂林绵。

神秘西夏

任登全

铜牛石马气轩昂，金塔巍峨映夕阳。
篝火熊熊思往事，青纱漫漫韵悠长。
兰山岩画垂青史，党项雄才称昊王。
西夏千秋留胜迹，神州山水倍辉煌。

神秘西夏

韩林森

王陵故地忆雄风，耳畔犹闻伐钺声。
墓塔宫墙说盛况，故垒史册述恢宏。
英雄铁骥驰疆场，壮士弯弓起烟尘。
夕照蓝山荒草漫，丰功伟业册中寻。

神秘西夏

齐英才

贺兰烟阙掩陵塔，铁马金戈隐暮笳。
百姓流离犹溃蚁，三廷对垒尸如麻。
胡天今过长春雁，塞野新封万世沙。
远去黄河怜落照，云空雕影辇驼枷。

神秘西夏

许东君

青碑没草丛，遗址乱石重。
岭上千秋月，关前一路风。
离宫无昊影，守座有人声。
回顾兰山景，峰峰入碧空。

神秘西夏

曾禹铭

滚滚烽烟战马奔，英姿元昊带三军。
闻名古国今已逝，只留王陵谜后人。

忆秦娥·神秘西夏

闫云霞

西风烈，残碑荒冢边关月。边关月，踏荒寻古，笑谈游客。

几丛劲草声声咽，三分霸业烟飞灭。烟飞灭，艳阳仍照，贺兰山阙。

水调歌头·神秘西夏

段庆林

骏逸边山皱，龙蛰大河流。一川风物潇洒，点缀几荒丘。赵宋难消浊酒，可汗能遗鹰鹫？夏国劫灰休。谁识蕃文逗，羌笛未悠悠。

潼关谷，萧关牧，玉关油。怕应难料，早是世界着丝绸。铁路通欧贯亚，百族齐心携手，边贸势方遒。但使江山秀，来供后人游。

少年游·神秘西夏

沈华维

曾怀豪气破天荒，搅动朔风狂。长河饮马，弯弓射月，悲壮化苍茫。

百年足迹留青史，俯仰问玄黄。鸟唱升平，牧歌和睦，孤冢立斜阳。

江城子·神秘西夏

刘剑虹

千年冢蠹依山岗。野苍苍，地茫茫。九代君王，何处话凄凉？若有灵犀应不恨，风物易，变沧桑。

平畴千里稻花香。起高楼，路修长。江南塞上，互惠共雄强。幸得年年魂断处，金塔立，客千行。

摊破浣溪沙·神秘西夏

马　翚

寂寞王陵傍贺兰，几多风雨几多寒。叱咤辽金成往事，落孤单。

党项沧桑随梦远，谁将夏史泯千年。古老文明重现世，惹云烟。

南乡子·神秘西夏

雨 虹

欲觅又无从,风雨萧萧客不同。谁看漠烟烟乍起?通通。都道荒丘乱草中。

异日霸王宫,酒劲飘骑长驭风。战鼓未休身正勇,空空。往事随风一梦终。

清平乐·神秘西夏

王 军

金戈铁马,看贺兰山下,漫卷旌旗西风驾。十万精兵大夏。

雄关古渡夕阳,将军铠甲鳞光。几幕人生如戏,高歌一曲飞扬。

西江月·神秘西夏

高振平

万里关山跃马，羌人聚众兴兵。刀光剑影霸图争，西夏百年鼎盛。

世事弈棋逐梦，英雄逝水销声。王陵金塔好威风，家国笑谈逸兴。

念奴娇·神秘西夏

张金龙

贺兰形胜，险三关、历古屏狼障虎。粮川百里，月明中，城上凤凰栖驻。郭外诸湖，万类畅游，点沙鸥银鹭。匈奴何在？莫能扼断丝路。

遥忆党项勋业，西夏一何盛？风灯草露。天上黄河，绕城走，漠漠肥壤沃土。历数今古，展英才豪俊、联成族谱。鬯酒一爵，敬献列宗列祖。

水洞兵沟

"水洞兵沟"，顾名思义是一处"有水""有藏兵洞""有峡谷""有沟壑"的地方。这是水洞沟的外部表现形式。水洞沟内在的文化底蕴更是非常深厚。水洞沟是我国最早发掘的旧时代文化遗址，是3万年前远古人类的繁衍生息之地。水洞沟的发现打破了西方国家认为中国没有旧石器的错误论断，开启了中国旧石器时代研究的新篇章，也拉开了宁夏历史的帷幕。水洞沟还是我国唯一保存最为完整的明代长城立体军事防御体系。以长城为界，历史上的水洞沟是农耕民族和游牧民族的分界线，到了明代长城、峡谷、城堡、藏兵洞更是以其科学的、完备的防御效果，成为了鞑靼、瓦剌难以逾越的军事堡垒。如今这里已成为5A级景点，人们在深切感受历史壮阔辽远的同时，也在体味着自然优美的风光。

水洞沟遗址　李共和/摄

水洞兵沟

沙俊清

其一

时光穿越三万载，史前遗迹现人间。

枚枚石器枚枚苦，人类童年泪未干。

其二

藏兵洞里气森严，恰似迷宫入眼帘。

多少士兵思报国，枕戈待旦守边关。

水洞兵沟

李宪亮

一泓碧水润桑田，草棚地穴三五间。
深壑幽谷苇森森，厚土层叠迹斑斑。
舒翁入境赋佳句，游人登临几盘桓。
莫言时光不倒流，半日穿越三万年。

水洞兵沟

崔永庆

遥想三万年前景，四季如春水草丰。
明慧先知逐此聚，幕天席地衍繁生。
刀耕埋下几多梦，火种燃烧世代情。
烟灭灰飞荒野寂，黄河依旧作涛声。

水洞兵沟

白林中

时空幻觉任周游，三万年前水洞沟。
侧耳铿锵传万岭，凝神风雨塑千秋。
土墙幽谷拥天地，石器悬崖展画眸。
远古烟云逢盛世，湖舟驼队立潮头。

水洞兵沟

任登全

专访旧石细思寻，峡谷层层远古村。
石猎刀耕思险困，穴居蓬户渡晨昏。
神州早改洪荒貌，遗址犹存创业痕。
后辈若知开拓苦，孰云今日敢忘根。

水洞兵沟

杨森翔

洞沟流水水凄凄，古意深沉雁栖迷。
燧迹几多秋草外，火星四五暮云西。
曾无兄弟依朋友，幸有豪杰击鼓鼙。
知己片岩应不负，磨石人去水依依。

水洞兵沟

张　嵩

时光流转万年前，取燧敲石举步艰。
不忘先民接薪火，文明代代有人传。

水洞兵沟

易荣球

水洞山前沟，先人生息畴。
印象三万年，时空隧道流。

水洞兵沟

李克昌

奇观谁裁出？风月似刀剪。
卧驼岭上草，摩天崖顶烟。
旋风洞秘探，怪柳沟销魂。
石器刚磨过，沧海变绿洲。

水洞兵沟

丁玉芳

万古遗存赖启封，先民旧迹世人惊。
兵沟更有连环洞，四海纷纭探远踪。

水洞兵沟

陈 军

历史沉埋数万年，藏兵洞内机关悬。
深知宁夏文明早，万古千秋气浩然。

水洞兵沟

于卫东

悠悠万载水洞沟，远古先民拓绿洲。
野谷藏兵洞里隐，长城隘口镇敌仇。

水洞兵沟

丛培有

其一

观瞻此地定流连，一洞穿行三万年。
归雁年年悲壮士，兵沟挂壁水犹寒。

其二

沟壑纵横草木荣，难寻远古喊杀声。
昂头但见云霄上，声震九天一鹤鸣。

水洞兵洞

郭　荣

天然峡谷筑长城，烽台耸立向天撑。
长城体内洞连洞，立体防御机关重。

水洞兵沟

高振平

亘古兵沟地下藏，风沙雕蚀甚苍凉。
刀枪剑戟今犹在，不见当年纵马郎。

水洞兵沟

刘德祥

宫洞藏兵神秘奇，环环相扣觅踪迷。
幽深峡谷天然景，高大祭坛游客集。
湖堰清波流碧影，艇舟犁浪荡红旗。
万年文物频出土，博馆风光悦目区。

水洞兵沟

余丽萍

点柴生火继传薪，衣着皮装见古人。
百代文明尧与舜，千秋业绩汉和秦。
丘陵峡谷称屏障，坏堠烽台显要津。
暗道纵横如织网，安邦定国保黎民。

水洞兵沟

杨作枢

水洞沟中景色奇，地下长城世上稀。
兵行鬼道谋良策，帷幄运筹有妙棋。
万马千军兵洞驻，出奇制胜占先机。
十里长廊真地府，兵家史上谁堪与？

水洞兵沟

郑　晶

剑戟刀枪洞窟藏，兵沟历史现苍凉。
壮士鏖战场景在，不见当年好儿郎。

临江仙·水洞兵沟

李玉民

沉睡荒原三万载，而今一派新妆。如织游客览风光。尽情观远古，细品味悠长。

丰茂史前耕猎地，先民富享衣粮。家园兴旺若仙乡。时空穿越处，石器展辉煌。

渔家傲·水洞兵沟

马　翚

雨打沙蚀凿水洞，神工鬼斧斫驼岭。石器琳琅遗址冷，环宇静，万年逸史争相咏。

峭壁峡沟烽火盛，兵藏幽洞卒藏井。剑戟刀戈成幻影，星月动，长城春色描新景。

少年游·水洞兵沟

沈华维

千秋雉堞暮云横，漠漠听鸿鸣。源头卷月，图腾惊魄，沟壑掩荒荆。

悠悠往事凭谁诉，百折转新晴。景云光溢，地利人和，迎客坐春风。

浪淘沙·水洞兵沟

邹慧萍

往事越千年，湖静水宽。黄沙漫漫草芊芊。羚羊野马都曾见，大漠孤烟。

兵藏赋新篇，考古史前。中华寻祖三万年。塞上风光日日变，袖舞云端。

后　记

　　"宁夏新十景"征集评选结果揭晓的帷幕刚刚落下，《宁夏景观文化丛书》又将付梓。这无疑是宁夏文艺工作的又一件幸事，且喜且贺！

　　宁夏作为全国5个省级民族自治区之一，文化底蕴深厚，旅游资源丰富。为了充分展示宁夏瑰丽多彩的自然风貌、人文风貌和优美的生态环境，为区域文化注入活力，将宁夏的文化和旅游资源优势转变成发展优势，宁夏回族自治区党委宣传部经过反复酝酿，认真研究，面向全国组织开展了"宁夏新十景"征集评选活动，旨在讲好宁夏故事，传播好宁夏声音，扩大宁夏影响力，增强宁夏美誉度。2014年8月至2015年7月的一年时间里，通过向全社会发布公告、征集景观作品、公众投稿等方式，从20个省（区、市）热心参与的广大群众推荐的2094件作品中最终评选出艾依春晓、古堡新影、贺兰晴雪、黄河金岸、回乡风情、六盘烟雨、沙湖苇舟、沙坡鸣钟、神秘西夏、水洞兵沟10个具有传世价值和时代精神的"宁夏新十景"。这"新十景"集审美意义、社会意义和生态意义于一体，文化色彩熠熠层叠，时代神韵呼之欲出。

　　征集评选活动得到宁夏回族自治区党委的充分肯定和支持，被自治区党委十一届五次全会列入全区文化建设的重要工作。李建华书记亲自听取征集评选活动情况汇报，并多次做出批示。自治区党委常委、宣传部部长蔡国英同志精心谋划、亲自部署，先后主持召开了20多次会议，广泛听取各方面意见建议，集思广益，有序推进。组委会各成员单位和五市党委宣传部密切配合，社会各界大力支持。征集评选期间，全国政协副主席王正伟，自治区党委原书记陈建国、原副书记于革胜，国家新闻出版广电总局副局长阎晓宏，中央电视台副台长高峰，宁夏回族自治区四套领导班子以及在宁夏工作过的老领导、在宁党的十八大代表、在宁全国人大代表、在宁全国政协委员，自治区党的十一届委员会委员、自治区人大十一届常务委员会委员、自治区十届政协常委，各民主党派主要负责人，五市党委、政府，自治区各厅局委办主要负责人，五市党委宣传部部长等参与公众投票活动。自治区政协原主席项宗西等领导还亲自创作景观文化作品，参与征集投稿。自治区近10家单位召开了"宁夏新十景"座谈会、研讨会；宁夏作家、艺术家们开展了"宁夏新十景"采风创作活动；专家学者连续在《宁夏日报》发表"宁夏新十景"景观文化释读文章。这次活动还推动了自治区五市分别开展"银川最美景""石嘴山美景""吴忠美景""固原新景观""中卫新十景"征集评选活动,沙湖等自治区主要旅游景点也开展了"沙湖十景"等征集评选活动,产生了广泛的联动、带动作用。可以说参与人数之多、征集范围之广前所未有,在宁夏营造了积极向上的社会文化氛围。

由省一级党委宣传部门牵头开展景观文化评选活动,在宁夏历史上尚属首次,在全国也不多见。且此次征集评选活动层次之高、社会各界参与度之高、参与面之广前所未有。征集评选活动期间,"宁夏新十景"专题网页访问量达到400多万人次,仅由三十景确定十景的评选过程中,收到选票就达773000余张。与"宁夏新十景"征集评选活动相呼应打造创拍的大型史诗纪录片《神秘的西夏》、大型史诗话剧《丝路天歌》、《塞上江南·宁夏》"中华情"专场节目、《走咧走咧去宁夏》等11首歌曲及系列文化精品,还有正在拍摄的6集大型纪录片《贺兰山》和40集电视连续剧《灵与肉》等多层次演绎了宁夏景观文化的文化特征和民族文化内涵,激发了宁夏文化创作的勃勃生机。

本套书作为"宁夏新十景"征集评选活动的系列内容之一,以文化的向度对"宁夏新十景"进行了多视角、多侧面、多形式的挖掘和展示,将征集评选活动凝聚成了可探可观可享的充满韵味和情趣的作品。

人与天调,然后天地之美生。"宁夏新十景"征集评选以景观为对象,以文化为媒介,通过宁夏自然资源与人文历史的互动与耦合，演绎和展现了神奇多彩的宁夏，推动了宁夏文化与旅游的深度融合和内涵式发展，使"宁夏新十景"征集评选活动切实成为打造宁夏文化旅游品牌，讲好宁夏故事，传播好宁夏声音的重要平台和创新举措，体现了宁夏宣传文化战线对传统人文历史的延续和承接，对区域文化的再丰富和再创造，以景观文化多元价值提升的实现方式为小省区办大文化提供了有益范式，对宁夏的现代化建设意义深远。

文化没有恒久的形态。本套书的出版并未为"宁夏新十景"征集评选画上休止符。索引宁夏的文化历史和自然档案，还有太多可探索、可拓展、可创新的空间，需要我们从当下认识中去勾连历史记忆和时代特征，在倡导区域文脉、延续特色文化的反复碰撞中，发现新的文化意义。推动宁夏文化在与国内外文化的交流和发展中凸显价值，在竞胜互补、增强区域集聚效应中繁荣和发展文艺仍然任重而道远。

由于时间仓促，书中难免有疏漏和不足之处，敬请广大读者批评指正。

编　者

2015年12月12日